HISTOIRE

DE

NAPOLÉON

MISE EN VERS

PAR

M. ARISTIDE DE BONFILS,

ANCIEN SOUS-PRÉFET, MEMBRE DE LA LÉGION-D'HONNEUR,

$\maltese$

𝔓𝔞𝔯𝔦𝔰.

LIBRAIRIE Vᵉ LE NORMANT, | DELAUNAY, PALAIS-ROYAL,
RUE DE SEINE, 8. | GALERIE DE NEMOURS.

1841.

y

HISTOIRE

DE NAPOLÉON

MISE EN VERS.

PARIS. — IMPRIMERIE LE NORMANT, RUE DE SEINE, 8.

HISTOIRE

DE NAPOLÉON

MISE EN VERS

PAR

M. ARISTIDE DE BONFILS,

ANCIEN SOUS-PRÉFET, MEMBRE DE LA LÉGION-D'HONNEUR,

Paris.

LIBRAIRIE Vᵉ LE NORMANT, | DELAUNAY, PALAIS - ROYAL,
RUE DE SEINE, 8. | GALERIE DE NEMOURS.

1841.

PRÉFACE.

Des chants politiques retentissent de toutes parts ; je viens leur opposer les souvenirs de l'Empire. On a armé la paix, j'arme la poésie.

J'ai choisi mon sujet dans les émotions de l'époque ; j'ai suivi un aigle dans la nue.

Napoléon fut grand ; ses triomphes sont les

nôtres ; la France fut avec lui quand il fut dans la gloire.

Nous sommes étrangers à ses fautes.

HISTOIRE

DE NAPOLÉON.

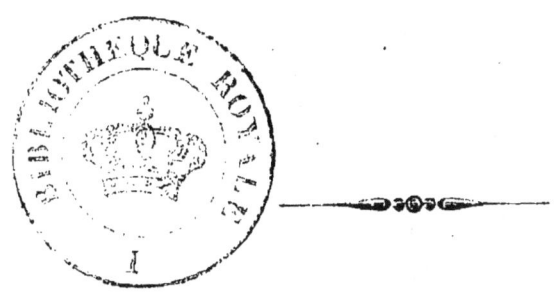

Ire STROPHE.

Soulève une pierre ennemie,
Reviens à nous, Napoléon;
Que peut la mort sur ton génie?
Qu'importe la tombe à ton nom?
Il dormait au bout de la terre,
Enveloppé dans son manteau;
Mais il est sorti du tombeau,
L'éclair retourne à sa paupière.
Que la foudre s'allume au sein des bataillons;
Qu'un peuple-roi commande aux nations.

II.

Énigme de la nuit profonde,
Élu de l'immortalité,
Il était grand comme le monde,
Il naquit de la Liberté ;
Couvert d'une noble poussière,
Dictant aux dangers ses succès,
Il fut l'idole des Français,
Il fut le maître de la terre.
Que la foudre s'allume au sein des bataillons ;
Qu'un peuple-roi commande aux nations.

III.

Il mesura les Pyramides,
Son œil plongea dans les tombeaux ;
Le Jourdain aux sables perfides
Revit la gloire dans ses flots ;
Le Nil, dans ses sources fécondes,
Réfléchit l'éclat de ses yeux,
Et le Danube impétueux,
Sous ses pieds abdiqua ses ondes.
Que la foudre s'allume au sein des bataillons ;
Qu'un peuple-roi commande aux nations.

IV.

De l'Èbre aux champs de l'Idumée,
Des rivaux, il n'en compta plus,
Et dans les rangs de son armée,
Jeta le sceptre des vaincus.
Soldat et roi, sa tête altière
Trahissait la faveur des dieux;
Son front d'homme était dans les cieux,
Le front des rois dans la poussière.
Que la foudre s'allume au sein des bataillons;
Qu'un peuple-roi commande aux nations.

V.

Prodige enfanté par la guerre,
De Brutus il entend les cris;
Toulon que souille l'Angleterre
Vomit des laves d'ennemis :
Héros vengeur de la patrie,
Son prince, avant d'avoir un nom;
Le côté faible d'Albion
Fut le secret de son génie.
Que la foudre s'allume au sein des bataillons;
Qu'un peuple-roi commande aux nations.

VI.

Jeune, et vainqueur de l'Italie,
Paré de gloire, éblouissant,
Charle, il devance ton génie
D'une pensée et d'un moment :
Impatient, il court, il vole,
Foulant les peuples éperdus ;
Desaix même ne le voit plus,
Il s'est assis au Capitole !
Que la foudre s'allume au sein des bataillons ;
Qu'un peuple-roi commande aux nations.

VII.

Terre sacrée, où fut Carthage,
Vous garderez son souvenir,
Et vous redirez son courage
Aux temps, aux sphinx, à l'avenir.
Du trône impuissant à descendre,
Plus que César il fut heureux ;
Sa gloire atteignit dans les cieux
Jusqu'à la gloire d'Alexandre.
Que la foudre s'allume au sein des bataillons ;
Qu'un peuple-roi commande aux nations.

VIII.

Cent fois défiant le tonnerre,
Son front détourna le trépas,
Et son poids fit pencher la terre
Partout où marquèrent ses pas :
Moscou vous vit dans ses murailles,
Français, ô peuple de géans !
Vouer vos drapeaux triomphans
Au Napoléon des batailles.
Que la foudre s'allume au sein des bataillons :
Qu'un peuple-roi commande aux nations.

IX.

Vienne, Berlin, Parthénope,
Astres brillans qu'il fit pâlir,
Deux fois il a vaincu l'Europe,
Qui n'a pas pu le contenir ;
Sur l'écueil dont il est la cime,
Immobile il attend la mort :
Qu'il fut grand sous les coups du sort,
Seul en présence de l'abîme !
Que la foudre s'allume au sein des bataillons ;
Qu'un peuple-roi commande aux nations.

X.

Aux lieux qu'habite la tempête,
Sur un rocher battu des flots,
La foudre, grondant sur sa tête,
Berça le sommeil du héros.
Du haut des plaines immortelles,
La victoire a vu ce soldat,
Calme dans son dernier combat,
Mourir encore sous ses ailes.
Que la foudre s'allume au sein des bataillons;
Qu'un peuple-roi commande aux nations.

XI.

Il nous rendit, par son génie,
Les plus nobles présens des cieux,
L'autel, les lois et la patrie,
L'encens que brûlaient nos aïeux.
L'airain sacré de la Colonne
L'attire dans l'immensité,
Et l'écho de la liberté
Répète un pardon qu'il ordonne.
Que la foudre s'allume au sein des bataillons;
Qu'un peuple-roi commande aux nations.

XII.

C'est lui ! c'est bien lui ! la patrie
Le reçoit au seuil du tombeau :
Turenne accueille le génie,
Vauban sourit à son flambeau ;
Tout Français reconnaît, admire
Son bras, l'égide des guerriers,
Son front que ceignaient des lauriers
Qu'inclinaient les soins de l'Empire.
Que la foudre s'allume au sein des bataillons ;
Qu'un peuple-roi commande aux nations.

XIII.

Sous cet habit qu'il porte encore
Brille l'étoile de l'honneur :
Soldat, la croix qui te décore,
Il la détacha de son cœur.
Il dort penché contre la terre,
Ce Héros, l'effroi des Césars ;
Couvre-le de tes étendards,
Soldat d'Austerlitz, c'est ton père !
Que la foudre s'allume au sein des bataillons ;
Qu'un peuple-roi commande aux nations.

XIV.

Ah ! si la Mort s'était trompée !
Si son sommeil allait finir,
Bertrand, rendez-lui son épée,
La gloire ne peut pas mourir.
Levé plus beau sur la patrie,
Soleil, prodigue de tes feux,
Serais-tu le regard des dieux
Sur le triomphe du génie ?
Que la foudre s'allume au sein des bataillons ;
Qu'un peuple-roi commande aux nations.

XV.

Est-ce un mortel que l'on couronne ?
Est-il l'envoyé du Destin ?
Le monde, qu'il prend et qu'il donne,
Est-il un jouet dans sa main ?
Français, aux parfums de la gloire,
Enivrez-vous en liberté,
S'il garda l'immortalité,
Il vous a légué la victoire.
Que la foudre s'allume au sein des bataillons ;
Qu'un peuple-roi commande aux nations.

XVI.

Mais un nom tonne dans l'histoire,
O nuit !.... je recule d'effroi ;
Mon luth , qui s'inondait de gloire,
Tombe et se brise devant moi :
La gloire seule est à la France,
Nous n'héritons que des succès ;
L'erreur sublime des Français,
C'est le culte de la vaillance.
Que la foudre s'allume au sein des bataillons ;
Qu'un peuple-roi commande aux nations.

FIN.

PARIS. — IMPRIMERIE LE NORMANT.